Hacía mucho tiempo que los animales
deseaban averiguar a qué sabía la luna.
¿Sería dulce o salada?
Tan solo querían probar un pedacito.
Por las noches, miraban ansiosos hacia el cielo.
Se estiraban e intentaban cogerla,
alargando el cuello, las piernas y los brazos.
Pero todo fue en vano,
y ni el animal más grande
pudo alcanzarla.

Un buen día, la pequeña tortuga
decidió subir a la montaña más alta
para poder tocar la luna.

Michael Grejniec

¿A QUÉ SABE LA LUNA?

Kalandraka

Título original:

Wie schmeckt der Mond?

Colección

libros para soñar®

Rúa de Pastor Díaz, n.º 1, 4.º B - 36001 Pontevedra

Telf.: 986 860 276

editora@kalandraka.com

www.kalandraka.com

Impreso en Gráficas Anduriña, Poio

Primera edición: octubre, 1999

Trigésimo quinta edición: octubre, 2020

ISBN: 978-84-8464-564-1

DL: PO-61/06

¿A QUÉ SABE LA LUNA?

Kalandraka

Desde allí arriba, la luna estaba más cerca;
pero la tortuga no podía tocarla.

Entonces, llamó al elefante.

–Si te subes a mi espalda,
tal vez lleguemos a la luna.

Esta pensó que se trataba de un juego
y, a medida que el elefante se acercaba,
ella se alejaba un poco.

Como el elefante no pudo tocar la luna,
llamó a la jirafa.

–Si te subes a mi espalda,
a lo mejor la alcanzamos.

Pero al ver a la jirafa, la luna se distanció un poco más.
La jirafa estiró y estiró el cuello cuanto pudo,
pero no sirvió de nada.

Y llamó a la cebra.

–Si te subes a mi espalda,
es probable que nos acerquemos más a ella.

La luna empezaba a divertirse con aquel juego,
y se alejó otro poquito.
La cebra se esforzó mucho, mucho,
pero tampoco pudo tocar la luna.

Y llamó al león.

–Si te subes a mi espalda,
quizá podamos alcanzarla.

Pero cuando la luna vio al león,
volvió a subir algo más.

Tampoco esta vez lograron tocar la luna,
y llamaron al zorro.

–Verás cómo lo conseguimos
si te subes a mi espalda –dijo el león.

Al avistar al zorro,
la luna se alejó de nuevo.
Ahora solo faltaba un poquito de nada para tocar la luna,
pero esta se desvanecía más y más.

Y el zorro llamó al mono.

–Seguro que esta vez lo logramos.
¡Anda, súbete a mi espalda!

La luna vio al mono y retrocedió.
El mono ya podía oler la luna,
pero de tocarla, ¡ni hablar!

Y llamó al ratón.

–Súbete a mi espalda
y tocaremos la luna.

Esta vio al ratón y pensó:
«Seguro que un animal tan pequeño
no podrá cogerme».

Y como empezaba a aburrirse con aquel juego,
la luna se quedó justo donde estaba.

Entonces, el ratón subió por encima
de la tortuga,
del elefante,
de la jirafa,
de la cebra,
del león,
del zorro,
del mono
y...

...de un mordisco,
arrancó un trozo pequeño de luna.

Lo saboreó complacido
y después fue dando un pedacito
al mono, al zorro, al león, a la cebra,
a la jirafa, al elefante y a la tortuga.

Y la luna les supo exactamente a aquello
que más le gustaba a cada uno.

Aquella noche, los animales durmieron muy muy juntos.

El pez, que lo había visto todo y
no entendía nada, dijo:

–¡Vaya, vaya! Tanto esfuerzo para llegar
a esa luna que está en el cielo.
¿Acaso no verán que aquí, en el agua,
hay otra más cerca?